十二章

王帅 著

作家出版社

我依然相信，并所相信

王帅

山东师范大学、鲁东大学特聘教授，
研究生导师，暨南大学讲座教授，芸廷
文化发起人，阿里巴巴荣誉合伙人，
"天使望故乡"联合发起人。

献给我的妈妈

目　录

哪　里

哪里来的风　带动火焰

那么美　在夜晚上升

哪里燃的火　随风上升

吹动命运如野花

哪里盛开的野花

被彼岸的风

吹成冉冉上升的火

短　章

一

经常谈起风　因为她们美好

还有植物跟海洋　因为她们安静

烟抽到最后一支　就到了应该离开的时候

那最后的火光是突然揳入寂静的钉子

二

温暖的夜晚和迷恋的湿润

只允许一种的开始趋于尾声

任何一点声音都会让海洋冲入房间

我等待眼泪　把我改变　把我颠覆

三

这个夜晚　我都在注视面前的镜子

谢谢你头像的光芒　让我照见自己

那张脸精致　美丽　不掩饰真实的欲望

而我的消失是因为光的消失　因为身后的黑暗

更坚持

四

当我手掌的纹路完全陷入你的身体

我会轻轻叹息　请抱住我

大海退去　露出所有的白沙

我将向你坦白我因为过错进而恐惧命运

五

如果哪天风路过你像叫响你的名字

还请你像昨天那样回答

我的心一如既往地跳动　它的回音像是嘲弄

亲亲　窗外国槐树的蝉声只剩下脆薄的蝉蜕

风

——假借生活的名义

风吹动树叶如海浪

风吹动树林的海洋

银色的鱼群随风爬上山冈

远处看就是树林颤动的反光

风平静如梳妆的草原

微风里黄昏腰肢修长

赶路的红马随着草尖起伏荡漾

它细碎的脚步是大地在捶打心房

风吹动时间如日夜变换

风吹动日夜的单薄衣衫

风吹动命运如死亡的速度

最后的抒情是面对天空卸下翅膀

风吹动你如我

风吹干眼泪如吹干海洋

风吹动阳光照彻你生命的底片

留下最后的盲人站在痛苦的光上。

无　题

吸气，收腹

在乍暖还寒中调整

与寒流的方向

有多少次都是这样啊

扣到命运的扳机

发射莫测的子弹

麦　地

别人看见你

觉得你温暖　美丽

我则站在你痛苦质问的中心

被你灼伤

我站在太阳　痛苦的针上

致远方的朋友

你一走就是几千里

别忘了你的爷爷是农民

你这个小子

那个城市不适合你

不要到马路上去

路灯下有人在跳舞

你的信越来越短

许多人都在骂你

他们把你的床死死瞪上几眼

仇恨上涌

噼噼啪啪地抽打树干

就当寄给你响亮的耳光

然后他们就沉默下来

蹲着，掀头发

你一定要原谅他们

王帅的诗社垮了

黄波的对象跟人走了

鹿浩又喝醉了

他这个傻瓜

你看他们哭了

你看他们手都肿了

你一定要继续写下去

许多年后

你要向人类展览

陈锋，你走后

我老是想着那个晚上

我敲打着一个脸盆

声音浑浊，节奏铿锵

你当然喝醉了

你什么都不知道

那是你的脑袋

我一直为此而痛悔

我一直为此而骄傲

我不告诉你

并不是怕你知道

这些事我们藏在心底

就不要打扰妈妈

虽然

妈妈

都会原谅

失　明

哑然地坐在黑色礼堂
乌鸦的翅膀将我包围
一张白纸涂满黑色蝌蚪
蛙鸣是很久以前的故事

明天将在黎明来临
太阳诞生在星星的墓地
雷声隆隆　追逐乌云
又被乌云淹没

要来的人始终没来

灵魂是一颗石化的种子

希望也凝固了

我发现砌在墙里的眼睛

凝望，那是苦难的记忆

喷涌的泪水如星群

拢在手心

复归于水

大街上，车辆拥挤

我高高举起瘦弱的手臂

"红灯，我是盲人！"

时间让我突然伤感

时间很快　时间很慢

时间让我伤感

如果不是早晨被慢慢冻醒

不期而至的梦近似和谐

Word 文档的右侧提醒我今天的所做

一些人在其间走动

一些人在其间补救

错误从来不泾渭分明

没有什么可以迷惑我了

假象充满不义

几乎被真相嫉妒

抽一包烟就胜任一切

断　章

用一半时间喝酒
用一半时间醒酒

用一半时间做事
用一半时间想事

用一半时间我在
用一半时间不在

用一半时间
不停地问另一半时间

窗

我喜欢在早晨的时候，
起床把窗帘打开。
时间对我来说，
就是迎面而来的光。

我也喜欢晚上，
静静地把窗关上，
想象着窗外的时间，
像陌生的人儿一样。

无　题

本来是闲话的时间

父亲说：死了，你高中的老师

还有

小学的同学

多么安静的夜晚

远远看去

看到静止的冰河

哪里的灯光向夜空延伸

如果舞台足够大

你试图让恒星向左，

行星推进，

这巨大悲伤的棋局

将在黎明消失

人死如灯灭，

棋局的消失如同，

被雾水弥漫的玻璃，

我试图擦干玻璃，

不小心擦掉了自己

为睡眠奋斗

为睡眠奋斗的人很好玩

乖乖地求他

用绵延到天边的羊群

骗他

告诉他前后都是雨

聪明的人都停在那

告诉他开着灯就不孤独

告诉他还有两粒药片

可以把一夜超度

睡　眠

花儿睡在露水里
露水睡在月光下

鱼睡在河里
蝉睡在高树上

我睡在失眠中
想起花儿露水
想起一动不动的鱼
和缓缓的大河

梦　游

梦游到了早晨

露水中的蔷薇花

梦游到了花里甜甜凉凉的花

梦游到了西伯利亚透明的玻璃六边形

梦游到了自我

章鱼的睡眠

梦游遇到太阳

太阳梦游遇到我

我说我度过了黑夜

他说他度过了白天

植物园

一整夜月光都在追赶漏网之鱼

直至树叶变黄

而银杏的金黄是时间的波浪

时间浮尸其上

海棠花

好像不管什么时候

总有一朵海棠花在开放

推开窗她在窗外

抬起头她在天上

好像不管什么时候

总有一朵海棠花在开放

微笑着被人看到

微笑着被人遗忘

好像不管什么时候
总有一朵海棠花在开放

好像一切都是好像
开放着忘了开放

如果我把手伸给你

如果我把手

伸给窗外的蝉唱蛙鸣

一片声音连着一片声音

如果我把手伸给云彩

一片云彩就接着一片云彩

如果我把手伸给夜晚

五指之上是夜晚的天空

如果我把手伸给天空

无穷的星座连绵无穷

如果我把手伸给你

在将醒未醒的梦未央

如果我把手伸到梦里

会触摸到云彩和海洋

如果我把手伸给自己

就把左手的命运

交给右手

如果我把手伸给命运

就跟把手伸给你一样

和其光

宝宝，

光是什么样子

那么奢侈，一整天一整天地
照耀我们

我们在天空下面

身边只有一阵风的声音

穿过树林

风吹过你我

彼此相爱

彼此祈祷和赎罪

女　巫

女巫看起来平平常常
穿平平常常的衣服
在平平常常的房子里
平平常常地工作

女巫跟普通人
没有什么区别
只是你一旦爱上女巫
她永远是你爱她的模样

老情歌

每天早晨，我都把我的路线发给她。

我沿着新安江一直在走。我一直看霞光照着她。

她波光粼粼，粼粼的风，最薄的纱，

纱下面凉凉的，紧紧的她，深深安静的她。

我更喜欢一些呢喃，梦话和说不出来的茫茫
涯涯。

是朝开夕灭的木槿无穷花，是蜂巢一样的绣球
无尽夏。

是无话可说的话和你在就在的天涯。

爱　情

爱情就是她

一针一线

把我的心补起来

针脚细密

月亮在上

给她打着灯

聊　天

孤独的人

是不能一起聊天的

他们只能彼此沉默

看到春天

平地而起

奔驰而来

风

她是立体的

我能触摸到她的快乐

你看她路过的地方

花都是她的模样

我停下来

她就停下来看着我

我动起来

她就在我的耳边说话

她是透明的鱼儿

游过蓝蓝的海洋

有所悟

一苇横渡

到中流方知山高水长退无路

万茧抽丝

临睡前始觉灯火明灭中夜长

时间很美

晚霞日渐退去

晚霞很美

晨光日渐光荣

晨光很美

键盘上的时间

时间很美

尺蠖一样弓起的手指

收缩很美　屈伸很美

一　瞬

秋天，秋水
春天，春光

有人在秋水之边
在春光之下

有人在春天这边
有人在秋天那边

今天下午看见春天

四月四日，明天是清明。

今天下午看见了春天

看见杨树的叶子

看见满树的梧桐花

在海边

人们用她称呼小小的乌鱼

一样的紫　一样厚实的花冠

现在她们占据了海洋和空气

再往前数是三月

整个三月我都在责备自己

那么苛刻地要求安静

那么挑剔　包括对自己的妻子

那么失望　对自己

还看见了天空中的鸽群

她们在黄昏盘旋

多么像流水带动树叶

流动　盘旋　在盘旋中调整方向

以确定最终到达海洋

还想起很多悲伤的事情

我不说　因为她此刻温和

也许是因为阳光

那么好的阳光覆盖阳光

第一次幸福贯穿整天

不要害怕四月很快过去

清明之后就有雨水

没有雨水的春天　春天寂寞

没有回忆的爱情　爱情寂寞

没有波折的生活　命运寂寞

没有了最后的一支香烟

是应该入睡的时刻

清　明

我喜欢四月的这天
清——明，多么像天空万里无云
透明得像玻璃

但是四月往往多雨
我就是这样地顾名思义
时常要把弄着名字像命运
又时常揣测命运的名字

端　午

这个城市的端午隐匿极深

在隐隐的春雷之中

很可能暴雨会不期而至

权当分配一年的露水

可惜明天不断地后退

以至久久不能看到朝日

江南的六月

江南的六月

雨水随时都在

鸟声跳跃

前面有河，流过耳边

这一瞬一定很久了

晓看红湿处

终不及春眠不觉晓

七月的雨水

到楼下抽烟

才发现天开始下雨

七月的雨水追逐雨水

一直到深夜

到了时钟分开两日的界点

是谁说

一滴水融入另一滴水

就浑然地不可分了

就潺潺成溪

成河　成江海
铺展成阔大的明镜映照明净

也映照此刻
黑的　七月的雨夜
湿淋淋的杨树的枝叶闪动如波浪
湿淋淋的钟声雨声细碎又踉跄

而此刻　此刻的窗外
七月的雨水穿过雨夜
她们安静　温暖　颜色明亮
而此前　此前的雨夜
众神曾预言最后的爱情——

她必像雨水一样轻盈热情
披着霞光的衣裳如野花一片

天　抽一支

我这种牌子的香烟吧

在七月的雨夜

一个寂寞的人

不要碰上另一个人的寂寞

八　月

宝宝你看，我们又站到了八月的边上
露水开始悄悄聚集，比秋水还凉
再过些时候，阴影将逐渐拉长
夜晚的小船，离月亮很近，终点很远

请原谅我比八月还要沉默
请原谅我只在心里想象的，自己的草房
她周边的躺椅全部被落叶覆盖
朝向太阳，四周是草地和海洋

立 秋

对不起

我把你忘掉了

我想起你的时候

已经开始下雪

那你等我站起来

我站起来的时候

春天就来了

我把春天带给你

别哭了

勿忘我

生活让我如此充实

九月，阳光逶迤而过
苹果和微涩的种子同时成熟

这是微醉的九月

苹果和微涩的种子在发酵
之后是
风干的果核

早　晨

一大早，

蝉声如潮。

我们的房子

是潮水中安静的岛。

青草都屏住呼吸，

墙上的影子

如你们花枝般的睫毛。

别怕热，宝宝，

夏天本就如此，

因为雨已经下了整个春天。

夏天很快就会过去。

我们在时间里散步，

时间是记忆的跳板。

我们在时间的跳板上散步。

跳板之上，

是星星的湖泊，

跳板之下湖水荡漾。

壶里乾坤

蟹肥正堪醉南海，

梅瘦尚能对西庐。

执酒多闻马后炮，

临阵不见车前卒。

隔年后梦续前梦，

嘚瑟芭蕉对旧竹。

自有盲人骑瞎马，

酒干犹唱倘卖无。

有所思

空山新雨后，

有花落满头。

怅然无所思，

不复浪子游。

无　题

我饮不须劝，

长怕酒瓶空。

一年行千里，

聚散各匆匆。

门外梅正好，

杯尽万事空。

起身奔南北，

一塌糊涂中。

集　句

著酒行行满袂风，

销魂都在夕阳中。

江北少年江南老，

花自飘零水自东。

无　题

一片西云过中午，

万顷斜阳看晚舟。

平生殷勤三杯酒，

且请夏荷归沙鸥。

兄弟情

又到辞旧迎新日，

眼前兄弟话旧辞。

相对天暮仍未雪，

等到梅花将开时。

清　明

微风半摆一树柳，

落日西山遍地鸦。

清明新酒醉旧事，

寒食无泪迎春花。

水上云飞遮夜月，

庭中雨落润人家。

少年自重横行事，

不羡五湖弄渔槎。

短　歌

君言犹记宛如昨，

常遣幽思做短歌。

月栖墙柳秋叶少，

星浮天河残梦多。

棋子灯花闲敲打，

蛇形杯弓懒斟酌。

自是钱塘潮头蟹，

应喜江湖多风波。

临江仙

寂寂山中贪好睡

醒来细雨临窗

鸣禽婉转入客房

帘动秋风起

推门木荷黄

多谢主人殷勤意

酩酊一醉何妨

众生如鲫过大江

莫问世深浅

只愿人久长

和于东辉

感君幽幽才子意

使我纵酒复短歌

静坐常思故人少

影婆娑，钱塘残雪酒尚多

十年意气渐服老

奈何桥上又奈何

东辉之后云遮月

一刹那，不分此身是过客

冷香阁——黄宾虹

清霜黄叶荷塘，
苦雨人间苏杭。
红尘万般破事，
换来一阁冷香。

一日长于百年

四月十一日凌晨

鱼在水底　蜘蛛挂在网上
这个安静的晚上
我梦见我的奶奶
她一直站着
询问我的生活
这个苦难深重的老人
告诉我苦难应该结束

还有什么需要坦白

我又一次移开目光

做那个小小的孩子

赖皮的笑

四肢摊开　趴在床上

顺着星光的长索

很多人陆续来到

在老屋里飘来飘去

巡视自己的领地

声音模糊　目光哀伤

谁注意了紫红的挂钟

钟摆沉默一晚

在时间的河流上

她是渡船

与波浪同步　所以永生

很快就热闹起来

办喜事　人人欢笑

打酒买肉　宴席开张

我出门张罗

一步竟跨到另外的村庄

在街上迷路　异常紧张

就这样开始转悠

转来转去　东西张望

担心宴席开张

担心宴席收场

担心黄昏的村庄　带走死亡的反光

找到路是在床上

眼角干干　满嘴苦涩

记得人来人往

记得上坡下坡

记得杂货铺旁的电线杆

一张黄表纸　在黄昏歌唱

"天黄黄　地黄黄

我家有个夜哭郎

过往君子念一遍

一觉睡到天大亮"

《一日长于百年》是苏联作家艾特玛托夫的小说名字，也翻译成《风雪小站》，他的其他作品有《白轮船》《我的包着红头巾的小白杨》等，大学的时候一度收集得很全。我对这个作家有特别的喜欢。

帕斯捷尔纳克的文章里也出现过"一日长于百年"，那一句是"一日长于百年，拥抱无止无终"。

我借用这个标题，因为感觉这里有很多的理解。

献给我亲爱的妈妈

1.

妈妈　我恨这记忆　如影随形

时间真的如同流水

时间是湖畔的树影是流萤

在流萤小小的光芒里

是流动　是你的婆娑　是你的凋落

2.

妈妈　是什么时候　我爱上夕阳
夕阳是红叶的海洋　风永远是秋天
在夕照下面　秋天身后　是夜
从什么时候　我爱上这侵袭　爱上这覆盖
爱上这悄无声息的沉默

3.

妈妈　我把一包烟抽完　到了早晨
一下子孤立无援　束手无策
我想有一个好的睡眠　漫长并且安静
但整个天空都是星星的碎片　冷静如雪花
让我的瞳孔再次紧缩

4.

妈妈　多少次我想坐下来　跟你谈谈
这是我年轻时最艰难的一次谈判
时值清晨　夜晚透明
纯净的氧气和光透过东方
透过冰封的湖面　像冰洞　吸引窒息的鱼

5.

妈妈　坦白地讲　你的离开使我迷恋女性
她们是珠帘遮掩的花朵　是哑谜
她们实在如你　虚幻如你
每每在晚上　月光照耀秋水
我看见沉默的回声　让我的花园永远空阔

6.

妈妈　我觉得　世上的一切都有其质量

包括光　包括时间

光把所有的事物推倒成影子

然后时间把它带走

站在时间中心　光的下面　我的顺从如此被动

7.

妈妈　放下手中的东西吧　让我靠你坐下

这么多年　死亡是你最大的收益

你看你永远年轻　而我却日渐衰老

这对谁都是一种诱惑　当然　除了死者

十岁之后　死亡诱惑着我　死亡对你早已绝望

8.

妈妈　手把手　你来教我判断

你说这四季轮回　多么善变

可我总把握不好节奏

我往往觉得冬天这么久　春天应该要来了

然后像冬眠的蛇去迎接阳光

像扯出的底片　被世界以光的名义谋杀

9.

妈妈　我不该抱怨　但你让我难过

你让我照常回家　说钥匙就在阳台上面

但路上我遇到一个女人　她全身酒香

她旋转着喇叭花的太阳裙

告诉我　一个人的死亡　绝对会改变另一个人
的生活

10.

妈妈　总是在凌晨　又到凌晨
我还在寻找那些简单的词语　尽量简单
简单但要快乐　简单如一滴水映照天空
我看见整个海洋因为一滴水而干涸
我看见一滴水就冲垮了整个海洋

11.

妈妈　这些年我经常去看你　你知道的
山谷里的风一吹　松树就会轻轻地摇动
我就在你面前　看着风吹动着树叶
如果树叶往左边一晃　应该是你知道了
如果树叶往右边一晃　应该是我知道了

12.

妈妈　如果你经常来我梦里就会更好

可是你习惯待在家里　不愿意再走这么远

但我想你已经来过　走的时候把门关好了

你喜欢看我睡着的样子

跟出生时一模一样

是的　一切跟我们相见那天一模一样

山　谷

像每天一样

太阳用他的方式

呼唤着风

在你眼前经过

秋虫摩擦着翅膀

开始唱歌

云彩覆盖了整个山谷

把整个世界

投影在你眼前

云彩也覆盖了

来看你的我

妈妈

你看云彩覆盖了我

阳光在我脸上

我在你面前

秋虫都在为你唱歌

如果这个山谷显得寂寞

我就把夜晚一起带来

夜晚来的时候

整个山谷就会消失

面对面就是你和我

就诊者言

爸爸弯腰曲背
总是皱眉头
以为世界多吵
可是夜里睡不着
眼窝能养鸟

女儿实在看不下
一起拿来黄瓜皮
先是自我示范
后给爸爸治疗

都是《本草纲目》

不看结果看疗效

一会贴在脸上

一会蒙住眼睛

一会还要去拿刀

说要重新动手术

黄瓜不新鲜

爸爸治不好

窗外云雾绕

家里人欢笑

春花秋月何时了

了什么了

爸爸在川上曰

都是我的错

是我爱上你

爸爸今天早睡觉

从此红尘万般事

都是江南好

私语五首

乔迁新居

聪明人，糊涂蛋

苦力活，逍遥汉

看红桃绿柳，弄柴米油盐

喜粗茶薄酒，感五味咸淡

瘦时有残荷顶戴

胖也如富贵牡丹

相看两不厌，越看越好看

一百年不烦

男女平等，彼此平身

钦此，上饭

归去来

本是个懒散人

没什么经济才

讨了个好老婆

才还清风流债

天天想花盛开燕子常来

也时时猛不丁闲着发呆

刹那花开两朵

伴我千盏情怀

有朋友轻轻敲门

哈哈哈醉了要乖

踏实了

归去来

安乐窝

芙蓉花开千万朵

白鹭总成双

东钱湖畔看老婆

相对话不多

时时提心吊胆

大女儿是金梭

小女儿是银梭

挡不住的欢乐

可怜万里江山

最远去过香港

普陀山上拜过佛

没出过国

等着等着人老啦

把西湖当了

且对酒当歌

忘情水，无忧草

安乐窝，俩公婆

感谢老婆

客居江南地

所幸有了她

笑谈无是非

勤勉做事啦

阴晴数月雨

油盐酱醋茶

其中有几味

一味一繁花

给老婆

谈笑声里多故事
推杯每每忘新愁
月移花影香满室
此生只对她低头

女儿娇三首

傻　瓜

一根藤啊两个瓜

妈妈累得苦哈哈

且把俗事放一放

跟我户外看梅花

画蛤蟆

院里青青草

指上凤仙花

女儿忽然喊爸爸

给我画个小蛤蟆

你　看

爸爸在塘边喝酒

女儿在塘边逗鱼

海棠花已经谢了

爬山虎已爬满半墙

你看她们如鸟儿一样

你看她们闪亮

你看这下午的阳光

覆盖了下午的时光

亲亲你们

亲亲你们的小苹果脸。

亲亲你们的小脚丫。

亲亲是豆荚里的绿豆。

亲亲是手上的红豆。

月牙儿

门前万朵扁豆花，

人生不过一月牙。

天边月牙弯又小，

门前万朵扁豆花。

生　日

女儿

你们说今年不过生日

同意

生活比生日有意义

未来比过去真实

名　字

宝宝，

有个诗人说，

名字是刻在树上的星星，

慢慢长大，比星星还亮。

是的宝宝，她们是命运的指纹，

开我们的锁。

无　题

夜晚是大海，烟草是船

上下明月

陪我过海洋

日　常

风在吹我的房子

我在过我的日子

蜘蛛在窗外织网

那根丝线

淡淡的跟青烟一样

音　乐

琴声是手指横跨过的海浪

是被风吹动的海洋

是鸽子在天空荡漾盘旋不停飞翔

是透明的跟海水一样

龙　门

她们一直在微笑

她们用眼睛微笑

她们嘴角上挑

不露齿地微笑

她们在残缺的身体上

微笑

她们在身前身后微笑

我也还以微笑

面对面沉默　洞若观火

我们把前前后后的时间

收拢在一条船上

然后荡开时间

顺流而下

我们在船上微笑

随便把微笑洒遍四野

羑里城

周易八卦罗盘

一想到算得这么准
就忍不住沮丧

觉得活泼泼的生活
被钉住了七寸

买了八卦罗盘
回家交给女儿

拜托好好学习

算准爸爸余生

图书在版编目（CIP）数据

十二章 / 王帅著 . -- 北京：作家出版社，2025.3.
-- ISBN 978-7-5212-3228-8

Ⅰ. I227

中国国家版本馆 CIP 数据核字第 20256KE886 号

十二章

作　　者：王　帅
书名题字：薛龙春
封面摄影：刘树勇
责任编辑：朱莲莲
装帧设计：意匠文化·丁奔亮
出版发行：作家出版社有限公司
社　　址：北京农展馆南里10号　　邮　　编：100125
电话传真：86-10-65067186（发行中心）
　　　　　86-10-65004079（总编室）
E-mail:zuojia@zuojia.net.cn
http://www.zuojiachubanshe.com
印　　刷：河北京平诚乾印刷有限公司
成品尺寸：130×185
字　　数：28千
印　　张：3.5
版　　次：2025年3月第1版
印　　次：2025年3月第1次印刷
ISBN 978-7-5212-3228-8
定　　价：56.00元